思辨患者

馮冬

作者

馮冬，詩人、學者、譯者，當前致力于西方詩學陌異性的開啟。發表論蒲柏、葉慈、列維納斯、默溫、策蘭等研究文章，譯有小說、遊記、當代外國詩等，包括《別處》（秀威資訊，2016）、《未來是一隻灰色海鷗：西爾維婭·普拉斯詩全集》（上海譯文出版社，2013）。

著有詩集：《平行舌頭》（秀威資訊，2015）、《沙漠泳者》（潑先生出版，2015）以及《殘酷的烏鴉》（南京大學出版社，2011）。原創作品刊於《詩天空》、《中西詩歌》，*The American Poetry Review, Big Scream, Grey Sparrow Journal, Napalm Health Spa* 等海內外雜誌。

■目錄

III

序

趙順良

從大學至碩士班時期，儘管就讀的科目是外國文學，因個人興趣之故，卻也閱讀了不少台灣的中文新詩，尤其醉迷於洛夫詩中的魔幻意境。不過，出國攻讀西洋文學博士後至今，因研究與教學過於繁忙，便鮮少閱讀中文新詩了。此次研修旅居異鄉之時，收到馮冬的邀請，為其詩集《思辨患者》寫篇序言，才得有機會重溫年輕時的興趣。

對許多人而言，身處異地的境況特別能夠激發詩心，乃因漂泊離散的狀態常迫使人不得不與內心裡那沉默的自己對話，並逐一審視與檢討自己的身心需求。而詩人與眾不同的地方在於，他無須將自己放置於異鄉便能詩心湧現，因為詩人不時將自己拋入離散的狀態，不時使自己與環境格格不入，以免安逸於現狀而讓思維的觸角遲鈍。此乃詩人不得不為之的宿命，甚或是比一生還要漫長的詩歌的詛咒。以此觀之，詩人可說是位變態，或以馮冬的話言之，是位「患者」；唯有讓自己處於德國哲人海德格（Martin Heidegger）所謂常態「失能」（breakdown）的狀態，才得以喚醒與體悟生命的本質。

如同這本詩集的題辭所揭示的——「因此我將／相似於許多事物，卻不是／它們中的一個」——詩人注定是孤獨的。但這不是意味著詩人自詡高高在上或孤芳自賞，而是詩人必須站在主流價值觀的對立面。當眾人服膺理性，以量化的方式理解世界，以致必須依賴「對稱結構」才得以過著井然有序的生活，否則世界便會變得「一片荒蕪」（〈沒有詩意的理性〉）。理性擅長的是簡化外在與內在世界：彩虹的顏色繁複，但是我們卻慣以為彩虹由七種顏色構成；每片葉子的形狀、顏色、脈絡等皆不同，但我們卻習慣忽略個別差異而以「葉子」一詞統稱之；心情的跌宕起伏也非只有喜怒哀樂等四種情緒等等。詩人的孤獨即在於不從眾，他必須擺脫邏輯理性的掌控，如此才得以感受到情感的細緻波動，且語言的使用不致僵化失血。簡言之，詩人的思辨流動不居、超越分類，此正是理性所要賤斥的對象：「理性唯一不能接受的，是詩意將一切歸結為『願望』的存在」。

而詩人的願望無非是詩歌可以改變人心，進而改變世界。誠如法國超現實主義詩人布荷東 (André Breton) 曾言：「馬克思說『改變世界』；韓波（Rimbaud）說『改變生活』。此二名言對我們而言是一體的。」在資本主義高度發達的今日，要以詩歌來進行思想革命分外辛苦，甚至如狗吠火車般。然而，嚴肅詩人如馮冬者並未放棄。的確，詩人是位孤獨的患者，但他卻未顧影自憐而是奮力吶喊，儘管聲音常淹沒於人性墮落的洪流中。在這百頁詩集裡，馮冬運用變色龍般的想像力，口吻時而批判、時而嘲諷、時而柔情、時而冷漠、時而自嘲，

化身為各類「人」——「民工式的人」、「沒有軌道的人」、
「治癒河流的人」、「天空行走者」等等——試圖讓每位讀
者皆可尋回並喚醒自己內心深處那位既熟悉又陌生的「患者」。
閱畢馮冬的詩集不免思忖，如果每個人都能成為「患者」，
這世界必能正常許多。

2017 年 11 月於麻省劍橋

因此我將
相似於許多事物，卻不是
它們中的一個

事件

從牆上收縮的圓
我躍入謊言世界，每一個詞
被證偽，淌著
虛構的血，正義在我耳邊
拼寫異邦的名字
我戴著黑紗
走在天使和魔鬼中間

無人注意我脖子上的傷疤
也無人相信凍結在
時間河流裡的每一聲哭喊
被出賣的自由，阿門
這律法與法律的世紀鬥爭

兩本書的鬥爭

一本孵化另一本，一本
是另一本慾望
的真實，讀它們的人
要一起讀

一起讀，直到
除了自身，再無敵人

除了滿眼血絲
的祝福，再無祝福

除了那穿過窄門的
滿身潔淨的拯救，再無
拯救

一本書建造的
另一本摧毀

一本書撫慰的
另一本哀悼

讀它們的人
要一起讀，因為你們
是書的民族

唯有你們，在
沙之賜予與安頓中

一個被時間監禁的人

幻覺柵欄後，一個並不存在的人
抓那並不存在的牆

這一切發生在一場錯誤的雨中
外面，故鄉大雨浸沒記憶

他在屋裡，桌上擺了一塊肉
把肉扔給影子，影子吃肉

他也吃，吃過的肉又回到桌上
他感到背部一陣不適

柵欄發出彩虹的光，一個
囚於此刻的人吃飽了，四處走動

抓那伸手之際才顯現的牆，他想

穿透一片樹葉去遠方

牆嘀嗒著牆嘀嗒著牆嘀嗒著

他和時間的影子沐浴於時間的光
時間外面一片漆黑

樹葉一動不動，什麼也沒發生
一個並不存在的人

在一片不知從哪裡反射而來的光
裡面走動，他試著記起

抓肉，又再抓一抓這牆

歷史的用途

一種光輝在明朗高處
克制於毀滅，在深黑淵面寫
未被歷史寫下的一頁
水晶之頁，光輝之頁
人類地層裡閃閃發光的一頁

一個人在某一頁死了，在另一頁復活
另一個人跳下火車，剃了鬍鬚
奔跑回童年，進入子宮
還有一個人徑直脫掉剪裁過的故事
拿塊粗布裹住淌血的身體

睡在陌生人中間

他們發出夢的鼻鼾，但我無法進入他們的夢
他們也不知有人在夢的外面

以變聾的耳朵聽他們夢的噪音
一些很遙遠的聲音

被擋在那層極少被吹開的簾子之外
門開著，走廊上沒有風

除了空調聲，什麼也聽不見

每個做夢的人抱緊自己的被子
從他們割開的喉嚨、耳朵

衝出一股夢的流體，滲透我的音牆
如很遠的波浪抵達岸

我只能在防波堤外微弱地聽見他們在夢裡
失去聲帶的嘶吼

我摀住耳朵，在無人的走廊尋找
一間不做夢的黑屋子

而每個做夢的人背對光線，夢裡
他們都有自己的光源

投在簾子四周，讓我無法入眠

紅色海灘

這一片翠綠地圖上
說它是紅色的
這一片翠綠燒起來
變成地圖上的樣子

無人的村莊在一陣
咒語中變色了，樹葉
冒著殺氣，田鼠大軍
衝出夢的地道

他們被帶入
無人的山頭，失去方向
對著上帝掃射
海灘發出夢的光芒

命令他們佔領

標紅的高地，填滿
死蔭的幽谷，命令他們
為自由而戰，直到
被夢的色彩覆蓋

無所事事者的深淵

魔鬼共和國收緊了你我
我們在一個袋子里看現實電影

黑白且無對話，很多人
看了一半紛紛睡去，他們的鼻鼾

吹得這袋子時大時小

魔鬼院的元老想起了上帝
於是每個人發一個生存號角

吹響它，一個天使飛來打開袋口
倒入成噸的雪花

魔鬼衛兵喝醉了
就給無所事事者放一部黑白電影

前排觀眾席上有人不小心掉了下去
電影依舊無對話

很多人看一大半覺得沒意思
不如成噸的雪花

飄入這袋子讓大家都睡著
還有一個長著犄角的小魔鬼

把守夜晚的懸崖，不放任何一個人下去

黑蠟燭

來，給你點一支黑蠟燭
山的這一側沒有燈
完全的史前黑暗

我們習慣在黑暗裡看書
在黑暗裡摸著寫字
在黑暗裡摸著

我們是被損毀的生命但我們不知道
是否損毀於這毫髮無傷的黑暗
掛在樹上一動不動

我們習慣於它吹來的風
史前的黑暗的風
忘了有過去，有未來

你走了這麼遠
翻過玻璃山和黑土地

站在世紀的門檻上，你應該知道

如何進入這黑暗之山
當所有星星都黑著
當所有嚮導都是盲人

你應該知道，我們的諾言帶來毀滅
我們的目光能灼燒
你探尋的內臟

我們是被洞穴黑暗
填滿的天之驕子
你不能成為我們的一個

憑那一點體內星火跋涉
而我們的火是黑的
我們不再懼怕

因為我們已經死了
因為那掛在樹上一動不動的風
是我們最後的呼吸

當你穿過我們時，你會覺得
穿過了無數人的生活
沒有一個在黑暗裡痛著

影子的演化

孤獨的水裡曾有我的影子
孤獨的水一直黑著
影子的槳
一直劃著

你還沒來
與我赤手搏鬥

一切游動尚未止息
我尚未來臨

你是我周圍的水草
我看不見你
岸上一陣狗吠中
我也不曾
夢見你，穿著
過於寬大的衣服

手持白色禮物
未來的雨
落上風化的額頭

另一個造夢的維度
你是一本
波動的書，我
游過去，作了
完美的插圖

一個觀念的演化

從自由的
最低形式開始

水和食物
願意為了它
同彌賽亞一起走上十字架

然後禁區裡
四處行走的影子
頭蓋骨的風

吹開身上所有薔薇

一隻海鷗
從空牆上注視
和與或的時代裂縫

無法決定晚上
睡哪一張床，儘管
皆有震動

然後失去做夢的能力
失去孤獨，徘徊於
無聲的轟鳴

他們之中已進入
彌賽亞時間的
不往後看

他們之中受著
燒灼之苦的
從非正義終將結束的
類屬之幽暗中
脫去自由
最後的鎖鏈

睡洞之翼

鼓翼也不一定飛出
灰白裂隙

窄得不讓一道光通過

眼瞼之間
有你浮動的影子
大門之內，你看見

自己的牙齒咬入同伴
齒痕深刻

一句醒來的話，飄向半空
抓住一半，不足以

將自己連夢拔出

那永遠搬不完的歷史
行李，深沉入水

你目擊它下沉的指針
攀上日晷高處

在夢的頂點，你
開展超越死亡的練習

非世俗生活

「將詞語帶出它的所在
進入未言說的一切」

雪已經乾了
結成粒，被太陽烤著
冷中無事

從時空隧道
另一端來的風
從背部帶走
一句話的
三分之一

開始與世界
解鎖，停下來

看這層藍霧 ——
仙境，還是被毀掉的
一座舊城

住在洞穴最深處的人

我不再確定我是否還活著
還是大腦的一個投影

岩壁上開始長出毛髮，石頭裡
響起淙淙流水

解除了自我的戰鬥，與對真實之物的信仰

這團微薄氧氣中搖曳的火
我最後的太陽，捧在手中

星星和月亮照耀我的行軍壺
我進入我的誕生處

我的天空超越了大氣，一束強光
掠過洞外的漆黑

轉入地下的我不再鬥爭，不再幸存
最深與最後之物將抵達我

當地面被殼狀物層層覆蓋
當壓抑已久的黑色火焰從地心噴薄而出

一個手持月亮與星星的孩子
將來到這洞穴深處，看到一本寫在牆上的書

民工似的人們

畫上有一隻鞋但不是他們的
他們的破鞋不在畫上，也不在工地
每人有一個包袱裡面有一隻貓頭鷹
他們累了睡在貓頭鷹上

他們每天在屋頂搭積木又跳幾下
看看空中樓閣是否已經結實
一個人的屋頂就是另一個的地板
他們遊蕩在每一個自己搭建的平面

總在偷工減料的命令中完成
一件不可能的任務，不能想太多
任何一種勞動有其時間，如果
一張口的慾望不給一個人任何時間

那麼他們會建巴別塔一樣把剝奪的時間
疊砌成一次密不透風的暴動

一個吸引垃圾的人

如一個奴隸相信自己是自由的……

他也相信無論走到哪裡
他都不失為中心，當邊緣紛紛聚攏

形成話語風暴，有用之物即將變得無用的臨界點

讓一種空談顯得禮貌

他不製造垃圾，世上還會有垃圾，還不如
讓他純粹地將垃圾

吸引至人極罕見處，如帶走老鼠的笛子，優雅地

解除一場危機，他
聞聞自己，不比駱駝更臭

觀念的氣味久久不散，無色如二氧化碳……

大批穿越生死線的思想難民在他身上
搭起帳篷，大批走在

無用之路上的人紛紛聚攏，在他周圍畫出移動的光幕

一個突然跑出來投票的人

我像其他人一樣投票，之前
你並不知道我沙一般的存在

暗處的力量，你選舉之光數不到的地方

來，為失落的幽暗的黃金投上一票
為沉沒中升起的半旗

以人類喝醉後的決定，看，酒吧裡
全是我們的人，傳說只有一個神

還能救我們，如果不知道
是哪一個，就投最像的一個

帶著憤怒，帶有希望，帶著恐懼，我拋投
我的石頭，我的睡意

一個失去孤獨的人

爬出房間的黑洞，三點鐘
一個行走的窟窿
每一條街告訴他不必進入
四重客體在街角
衝他微笑

他開始與「一」的對撞
身上的原子閃閃發光
他集中火力
對付被挖去的存在
注入的任何東西都消失了

他驚奇於
無窮變換的洞口
蜷曲著引向「一」的深處
他在一棵樹上刻錄

一切鳥的形式
然後如一顆幽靈粒子
直飛進去

一個失去根據的人

這片停止生長的土地
丘陵上的建築

蘇醒者醒來，光
在沙的斜面上蹦跳

他伸手觸摸玻璃物質
一些記憶閃過

在無根據事物裡
插下根據—基礎—地基的小旗

解除安全套繩，從
先驗大地的艙裡爬出來

大地－土地－地面
面對紅色天空

一些絕對之物浮過來

一個在大海裡睡覺的人

——給 L.D.

仰面而浮，如山，手交疊，眼微閉
一個將入睡的人漂在蒼老的海上

他已做好入睡的准備，他的念頭
一個個沉入意義晦暗的水域

解開身心的糾結，放棄欲望與抵抗
依托於原始之物，水

這難以言喻的受命，要超越自身
去一個子虛烏有的他鄉，一陣自由泳

返回由此而來的岸，已無人
如一疊波浪，他向時間的遠處蕩去

海水遮蔽他的晦暗，他躺在
出生時的無知無覺裡，吐出

催眠的氣圈，絲絲不覺的呼吸
與天地同久，大海的自我療法衝擊著

他暗藏神廟的太陽穴，釋放
火山岩漿的力量，冷卻、凝固

在海面形成一個人的島嶼，他睡在
這些星座般的島嶼間，仰面而浮

偶爾遊動，如山，如嬰兒，眼微閉
面色安詳，解除了人性的束縛

去天堂上班的人

緊握藍色卡片
金色卡片，慢速火箭
帶你離開家園

途經優雅的樹
星塵，說話的蛇
手持吐火的劍
擋在 88 層門口說

今天採完
人的血清
會有一場豐盛晚宴
修復你們大腦裡
燒焦的圖片

拉下重力閥門

於勻速下墜的大樓
設計新的命運
消除勞動抗阻，重置
絕對零度

以超越光速的
循環之水，在神的
辦公室，向黑色地球
發出廢料嚴實的
最後要求

無法脫身的人

受動狀態纏緊，越陷越深
信仰之黑洞逆轉，風聲，堅定了

他炸掉天堂的決心，絕不，絕不
放過任何一棵樹，哪怕它

結生命的果，結果生命
不留痕跡如行走之風

他的任務就是擦除風聲
以及人間所有的痕跡

地獄之眼被太陽耀斑灼開
看見人所不見的，人正

毫無希望地去拯救被毀壞的
被風聲灌滿的歷史瞬間

尋找下一出口，下意識的出口
第十三大街，地鐵站，沒有出口
有時，撒旦也躲入
安全屋，四壁難以理解

拖著一條傷腿拐入街角
被風包圍，遊戲規則正在改變

無法脫身，除非最後一個社會
從智慧樹上脫落，終結貧困與背叛

一堵流動的牆

我對你說話時一堵牆
開始流動，我們被它吸住

兩個手持獵槍的人
穿行於一片霧中森林

你抓不住我，我也抓不住你
摸摸身上的紐扣這絕不

是一場夢，我對你說話時
你頭頂的樹枝發亮了

你對我說話時，我腳下地面
裂成透明的湖

我們說到哪兒牆就伸到哪兒

直到我們感覺四處都被

圍困，我們被它同時圍在
外面和裡面，中間和兩端

這牆的表面正如你我的臉
脫去日常水分與油脂

你一張口它就開始給
個性的內外進行分子摩擦

直到我們變得無比光滑
兩個打磨空氣的人

交錯在象徵的森林
你擊中的鳥必從我這邊落下

噴氣式天使

折過一次翅，傷過一次腳踝
仍以每秒 X 公里的速度掠過大地，盤旋
堵在時間出口的人們頭頂，他們
呼著一口口來生的熱氣，面頰潮紅
摩挲於存在與幻覺的交融

再無哭泣的頭像，窮人已獲安頓
或在通往天堂的途中，孩子
高舉黑白畫冊，一個流線型世紀
再無燕子銜著金片穿梭於赤裸屋檐

這些顛簸不過是小小禮物
劃開的氣流落下金屬的塵埃，你
在萬物沉睡時，去虛無的站台加滿燃料
然後告別夜色掩蓋下的生靈，獨自
降落在銀色的漣漪水面

蜥蜴之歌

我要跑出這毒蛇叢生的砂礫
我要活著穿越誕生與死亡的距離
遠方波動的大海是我的目標
被毒蛇吞掉之前有致命的一跳

我聽見嗖嗖過來的一陣濕滑
我聽見眾多舌頭在白色裡嘀嗒
我的厄運就藏於白日的砂礫與礁石
我的觸手已摸到毀滅的天使

它們四面八方圍攻我的同伴
以蜷曲的身軀把自由之路截斷
我聽見一個個嬰兒葬於蛇腹
它們吃得飽飽的躲到岩石裡埋伏

白日的砂礫與礁石中看不清前路
沒有一條通向自由的道路
四周全是昂頭聳立的白骨

上帝啊，我不願加入這骷髏的慶祝

我必須在學會奔跑之前奔跑
我必須在學會思考之前思考
是的，白日的砂礫裡沒有時間給新手
岩石裡全是毒液四濺的猛獸

這誕生於正午的事實讓我眩暈
好比要求一個臨死的人鎮定
奇跡的可能乃是萬分之一
而我已沒有時間玩上帝的遊戲

就這樣我衝出去吸引飛快的投手
我的後腳已舔到嘶嘶的舌頭
死神推了我一把於是我變換方向
一頭栽進蜷曲而濕滑的夢鄉

它裹緊我摩挲我擠壓我半分鐘之久
直到我變成一隻多汁的肉球
就在我窒息的瞬間它松開一道間隙
我一邊掙脫一邊贊頌這奇跡

它失手後飛奔上來仰頭一咬
我已高高躍起永遠脫離毒蛇的國度
最後的岩石上是大海的美妙
上帝啊，我活著走過了死蔭的幽谷

為一個特別的日子
——給策蘭

在維也納，在巴黎
你一定見過五彩的生命之粒
被一隻技術不佳的手
以必然的名義送往任意洞口

遲早會入袋，與別的球混在一起
相近，相切，長眠

但也可能有一個你逃離這虛擬
依靠未經計算的曲線
飛往了未經計算的時間
漫長的身後之旅

有時以運氣，有時以撞傷
有時得分，有時被罰
有時被詞語誘惑著，要與
苦難的上帝對弈

木與鐵

這一次你實現了
這悖論的字面義，鐵沉入木
往靈魂裡寫字，一刀一筆
都是痛的修改

吸引你的水也吸引著我
飲下這殘渣，為了
從生死的斷續裡，對你說清
一個思想的比喻

一種語言

一種透明的語言，如一縷初光
穿越一切先驗形式，第一次
從表象語言的爬行中站起來
從觀念語言的飛行中落下來
照入迷霧遍布的山水語言
花的語言，月的語言，洞中滴水的語言

在摹仿的語言中完成幼年
在跳躍的語言中完成青春
在歷史的語言中完成不惑
在砰地一聲關上大門的言語行爲
與言語事實中，在最終的退場中解開糾纏的語言

把關於孤絕的言意之辯留給垂釣江雪的人
把比情更深的酒留給打虎之人
裝飾性的窗子式的語言留給相對性的人

刀劍與血的語言留給嗜血之徒
故事的哈欠統統留給羊群，走入沙漠與正午的
毫無一物，身披顫動的透明的語言

人類的表兄

他來了，造訪森林中的我們，他的船
停在空中如一座花園，從裡面跑出一隻野豬
我們披著獸皮，向野豬放箭並把豬血
塗在額頭上，他看這圖騰是好的

我們蹲著，他披著白袍走下花園，兩眼放光
他的形體遮蓋周圍樹木，說著
與樹葉不一樣的語言，讓我們集體耳鳴
在一陣大霧中我們額頭的血被抹掉

他讓我們相愛，讓我們尋找這個詞的真義
我們於是砍倒第一棵樹，在水邊過夜
他看這聚集是好的，隨後給我們一張圖紙
我們於是有了一座座花園，一艘艘船

我們在裡面住了很久，埋葬了一棵棵樹

直到再沒有什麼可遮蔽這花園，我們額上的字
時刻在夜裡發出紅光，指示著什麼
我們相互觀看，然後看向他曾顯現的空地

繼續相互觀看，繼續看向周圍光禿的山
偶爾有雲的天空，一陣上升氣流，雨落在空地
明天，世界局部出血，這個詞的真義
尚未準確預告，他看這氣候是好的

隧道政治

我們在這一頭，真理在那一頭
匿名節點中一比特一比特
穿行的自由，我們和真理之間
隔著紙一樣的東西，戳一戳這層紙
貌似厚實，有人開始
讀上面的小字：「鑽頭是檢驗 XX
的唯一標准」

我們鑽我們鑽，我們和真理
保持爲互不可見的洞口
在時間循環中相互鑽透，這胎膜
包裹隧道中的我們，溫暖潮濕
通向 XX 的道路，它要我們
從這隧道鑽一條通向更深隧道之隧道
直到地面信號消失

一百年後游泳的一個人

他有時覺得自己比這片海域更古老，所以跳下去時
像回到一個更年輕的自己，他眼裡流著說不清是海水還是淚水的
巨大的重力的起伏，瞬間淹沒乾涸已久的肺部
一開始他沒能漂浮而是在水裡無盡翻滾，好像水不再是水
而是一些已知意義的堅硬之物要將他按倒在地，慢慢他脫離
這些新的透明符號的衝擊，浮出水面

這遺棄已久的海從他醒來的眼睛裡湧出，又灌入
從背部打來的一股寒流是他從未體驗過的，在一秒之內
將他整個人掀入上億個水分子的間隙，然後活生生拋入
與水分離時的撕扯，而這一切完全無視他沒有鰓或鰭這個事實
他只是一個脫離了村莊的赤裸存在，他已有一個進化到
無需直立的身體，而這身體似乎想從水裡翻出一個新的自我
新的功能以替代缺失已久的還在不斷消失的肢體，正如
意念能誕生一片屬於他自己的海，自己的一個環境，一間臥室

他運動著切入時間的夾層尋找先前的故事，大海的一隻手緊緊抓住他

嚴絲合縫的對接，他恐懼了，這遠離村莊的純粹身體的冒險

不顧萬物毀滅後的唯一生存之機，還有一些最後之人

生起煙火驅趕海裡的幽靈，他必須在大海停止之前把自己當做

無盡漂流的方舟並餵養體內各種動物

他無限擴展自己寬敞明亮的領域，與浪的節奏，與重力合為一體

他變得如鐵板，堅硬的鋼，以迎接這無邊無際的原始洶湧

這自然語言的洶湧，他必須穿越一片無人能及的黑暗水域或葬身於此

他開始相信他不過是這片海域更為持久的一種形態

因此朝著更早的某個沉睡之人游過去

走在一片沒有海的沙灘上

海奇跡般消失了，退到地球另一個角落以便在
剝奪了生命的安頓後，再次襲擊村莊，風乾的岩石間
露出村子的殘跡，那些最後之人也如一縷縷炊煙
蜷曲著散入膠皮味的天空，萬物毀滅了，他們還活著
這些陌生於生命的存在，在死亡照射過的窪地裡重新開始生活
這奇怪的物種抹掉大寫的歷史之後，還能回到這土地
搭起帳篷，坐在被排乾的海底，那曾令他們無限飢餓的堅硬的事實
也退去殘留的水汽，以至於那無邊的海水，那場淹沒本身
彷彿一個從未發生的事件，一縷青煙般升入人跡罕至的天空
從那高度往下看，幾乎沒剩什麼了

他就這樣毫無目的地走在沒有水的岸邊
這是目所能及的唯一的岸，也許還有別的海灘，但這是一個人的岸
而這已不能稱之為走，正如他的游不再是游而是一種深陷
一種向著自身墳墓的爬行，風中敞開的墳墓也狂走著要吞沒他
這一切讓他感到難以理解，彷彿人類所有本質
要在他一個人的疲倦中得到清算

他的腿酸脹了幾個世紀，重新回到大地，但這地面
已不適合行走，比例已改變，例如重力
讓他在高一點的地方趴著，在低一點的地方漂浮如幽靈
他喜歡幽靈，雖然他的鼻孔與污泥的摩挲
已是不爭的事實，但這並不令他難受，難受的倒是他的眼睛
被風死死摳著，要挖出已經消失的東西
卻沒有一個意象能為之出現

沒有一個意象，這片漫長的沙灘落日之後更難行走
反光之水消失了，周圍一片黑暗，他就在鵝卵石般光滑的
黑暗中摸索被稱為「回憶之回憶」的東西
無邊的回憶如狂沙圍攏，要從他這個殘餘的漏斗中
漏掉一切記憶與話語，而他的思緒已無法
固定在任何一個點，一切在這裡匯聚，一切又從這裡漏走
他懷疑這樣的行走根本無法開啟任何屬於自身之物
但在已經消失的遺忘中還有什麼辦法讓身體動起來
一丁點的動都是對黑夜這個喻體的一次拖延
對亙古不變的法則的一次驅趕，這些法則統領著最後之人
萬物毀滅也無濟於事，正如他需要想象一個聲音在腦子裡
告訴他這一切已經毀滅，更難以忍受的是，這絕對的疲倦
有時讓他在無人的沙灘上跳起死亡之舞，好像
再沒有什麼能終止這自我保護的摧毀性遺忘，沒有什麼
能領他走出這片沒有海的沙灘，礁岩的堆積令他迷失了道路

一個說著沉默的人

世界消失後他的語言和願望一起消失了
一起消失的還有時間，還有地上的飢餓
他在蒙頭大睡中開始漂移，從鐘錶到墳墓，從大海到陸地
穿過一切思想的運動卻感覺不到矛盾
他開始明白人們生活其中的雙重化
只是一個語言的結果，一切影子也都是語言
就好像一個人說，白天和黑夜一直永恆著
這沒有意義，這沒有意義的永恆
讓他雙腳懸空，就好像一個人說，我是你
直到你燒光你的一切

他就這樣在絕對寂靜中憋著氣，緊盯
一個針尖一樣的思想刺一片水一樣的東西
他的火燒著那片水，水開了卻沒有人動，他無法
從牆上下來加入人們的對話
沒有聲音顯示這是一場時間之外的對話

如兩個歷時的時間要在世界消失的一刻同步
難以置信，生活消失了，人們卻還活著，還在說話
雙目驚奇的他從一堵並不存在的牆上
看見最後之人在已消失的房間裡
點燃一片片斷裂的東西

他大步走入沒有聲音的峽谷，沒有白天和黑夜
沒有河流向他湧來，也沒有草從石頭裡長出，只有山坡
結著光年一樣的冰，毀滅之前最為急迫的話語
就凍在某個崖裡，發著無法解除的光
無人見證的沉默之光，不從太陽來，不從結巴的舌頭
卻有溫暖的風吹著他穿過星辰之間的寬闊
將一切時間的碎片吹入他融化的嘴
再讓他回到那漂浮的四壁
讓他說，一切消失了它還存在，唯有這個
唯有它，比宇宙更古老的沉默的回聲

治癒河流的人

他從山裡出來手裡握一把灰，頭髮蓬亂，雙眼迷離。他的助手已爬過亂石堆，逃到不知哪一座山頭背後，失去蹤影。

他下來了，拖著腳走過鐵絲環繞的塗鴉大街，有人開車敲打破爛黃銅，宣稱這塊地方屬於他一個人。這裡極不安全，到處是揮舞棍棒的刺青。

他去了河邊，很多空瓶子，人們曾在此野炊，但此刻看不見一個人。河邊有衣服，他摸了摸還是溫熱的，野炊之人沒有走遠。

夜裡山上一直亮著，鎮子裡發生了什麼黑漆漆的，他並不知曉。那道閃電只對他說話，山下的人什麼也看不見。他背了一塊石板，上面的火焰剛剛冷卻，一些難以辨別的銘文。

他不相信這些文字能驅除這條河的咒詛。水底生活的人們，

頭髮與水草相纏繞，翻滾如芭蕾舞演員。一些漂浮的舊桌椅，一個男人在上面打盹，好像活了幾個世紀。

他將石板砸向岸邊礁石，再用手中灰燼塗抹那些經文，拋入河中。經文沉下去，經過變慢的鬧鐘，睡夢的眼睛與敞開的窗戶，冒著氣泡，沉到他祖父的壁爐上。

他卸下這重擔後，就在河邊睡著了。他夢見河裡升起炊煙，祖父，祖母，鄰居，一個個浮上來，走過來，重新認領地上家園。

沒有軌道的人

他走上的每一條軌道都塌陷了，有的塌入地下好幾米，深不見底，有的廢棄後被青草覆蓋，似乎從未出現，還有一些如河流匯聚在他身上，導致他越來越重，讓更多軌道更快塌陷。

軌道在陽光下閃亮，通向他從未到達之處，有時鴿子落於其上。他說這一切絕不是假的，鐵軌和鴿子，於是深呼吸，一腳踏上去。

災難發生了，他每往前一步，身後的軌道就垮塌一步，他走到哪兒，軌道就塌到哪兒，他的腳就那樣懸了一半。

他覺得這是個陰謀，沒有誰像他這樣，被一路抹去身後的路徑，好像他就是空降到現在這個地點的。看得見未來的路，卻看不見來時的路，這讓他恐懼。更可怕的是，未來之路似乎總在他邁腳的瞬間坍塌。

他乾脆坐在這將塌未塌的路軌上，幾個土塊拖著小草，搖晃兩下墜了下去，很像真的。他笑了，誰將軌道設計成這樣，一觸即塌，誰說我必須走這些。

他離開後，地上標誌全消失了，似乎從未有過任何軌道。他把腳收入身體，從背部拉出天線，開始空間漫遊。但新的麻煩來了，他還是感到有東西將他納入既定路線，還是有軌道，看不見的。

這些軌道具有新屬性，不會塌陷，但會被吸收，有時它們被吸入一個氣旋般的洞。他瞧了瞧那洞，他絕對不想遵循洞裡軌道彎曲的程度。

他想知道周圍的人如何應付軌道的坍塌和吸收，但周圍的人報告說，他們從未遇見類似問題，並建議他咨詢技術人員，很可能他身上的軌道接受器出了問題——肚皮上那小小的氣旋。

他忍著疼，打開身上的氣旋，從裡面極深處拉出一個線圈，上面寫著「大地不動產公司」。怪不得他生下來就沿軌道出出入入，這遙控器在他身上安了家。

他閉著眼睛扔掉線圈，再睜開，他走過的所有路徑，所有人曾經、正在、將要踏上的所有路徑，都浮在半空了。這魔力線圈只有虛擬選擇功能，但人們總以為做出了「正確」的選擇。

一個沒有問題的人

從市場出來，他脖子上掛著一袋沉重的米，太陽快把他背部烤焦了。

他指著米說，世界由重力定律決定，我之所以在這個熱點，完全找不到任何理由，正如你在那個寒點，也是無來由的。這世界不存在問題，重力決定只能有一個方向，例如，我們腳都朝下，無論怎麼走，也走不到天堂。

但為何此刻扛著這袋米的我，還沒有砸穿地球？這根本不是問題，他說。我還沒減縮成生命的最小形式，當我停止吃飯，即停止進食的時候，我就慢慢精神化，靈魂化，甚至粒子化了，就能穿入地底，看見一張張磨損的腳掌在頭頂。

那這袋米足夠解決一切問題？至少讓人不死？當然不。他聳聳肩說，世界本質上並不以問題或命題的形式出現，例如「世界終結於第 $n+1$ 粒大米被數完的時候」這類陳述。當你問我

幾點鐘的時候，你已經知道時間是什麼，所以這個問題是假的。或者，你更為狡猾地（其實也更為天真地）問，存在與思是否統一？這袋米是否同樣沉重地壓在你的思想上？你是否該做點什麼改變米的分配？

對此我只能回答「是」，他說，但這根本不構成問題之為問題。首先，你假定有這樣一個稱之為「存在」的東西客觀地（很重地）掛在我脖子上，壓迫我的生活。然後，你再把我的意識物化，讓它與這袋米摩擦。最後，你把外部行動強加給我的思，混淆世界秩序與思維秩序。

他有點激動，停下來歇口氣。那袋米借助正午的力量，轉移到肩膀側面，似乎更沉重了，他走得更慢。世界有衝突與紛爭，但至今並沒有真正的問題出現，就連「為何世上有物，而非無物」也不構成一個問題。你設定一個或多個世界或宇宙，那任何事都可能，但它們不構成問題。

正如為了這袋米的所有努力，陽光，水分，勞動，都是某種自動化的結果，因為已經有米，才有為米所做的一切，已經有物，才有關於物的問題，但這不是真正的問題。

同樣，沒有問題的生活假定生活純然是一個未被問題意識所分化的結構。只要把這袋米運回家，他就完成當月的生存任務了，這更像一個目標而非問題。你自己樹立一個，或我幫你樹立一個生存標準，按照它完成就可以了。畢竟你不會問，為什麼人活著就要吃東西？

這一切都十分自明，如他頭頂水晶似的烈日一樣，既不提問，也不回答，既不暗示，也不給予。勞動和實踐，從表面上看，對生命提出了問題，但實際上，他肩膀上的大米告訴他，沒有你我也能長出來，只是你從未試過。

你從未試過不以問題的方式來思考世界，因為你的生活就是一連串焦頭爛額的想辦法，你忽視了「辦法」的局限，如開不了鎖的鑰匙，它們被製造出來給你進步的幻覺，輕鬆的幻覺，就連你打開的門也是他們造的，你以為真的進入了內部。

這就是重力，他開始爬樓梯，重力就是匿名物質對精神的吸引，他一邊喘氣一邊說，這就是我稱之為的「先於問題的答案」，雖然它無法滿足你過於綜合的頭腦。我們已經變得簡單而粗暴，就像這重力法則，一切法則中的法則，衍生出那麼多簡單而粗暴的問題。如果你在漆黑太空誕生，你還會不會問，為什麼我脖子上沒有掛著大米或麵粉？每個人都該掛一袋。

沒有性格的人

沒有個性的人常揣著懷錶,靠在窗前,數街上的汽車和電車,並估算人群流動的方向與速度。他的目的在於,找出使個體在人流中保持直立所需的能量。結論是,為維持社會運轉所需的個體能量之和遠遠大於英雄的所為。沒有個性的人於是拒絕了英雄主義。

個性如被理解為「品質」,那他的缺失不算嚴重,沒有品質的人,如質量平平的鞋,通常具備一定(有時甚至可觀)的行走能力。無論彎路、直路、上行、下躍,沒有個性的人常踏著啪嗒啪嗒的規律的腳步。他不擔心鞋的磨損,這雙鞋很破了,他還在穿,他只求上路。

然而個性≠性格。我們能想象沒有「個性」的人(非英雄),但很難想象一個沒有「性格」的人(非人)。也就是說,他沒有人格或位格,既不內向也不外向,從不快樂從不悲傷,既不是父親(母親)也不是兒子(女兒)。他不是任何已知位格的一種。

實際上，他要維持這第三人稱就已經很難，空氣和陽光，時刻威脅要將他減約為更抽象的「它」，讓他如雨雪一樣落下，如時間一樣被報為幾分幾點，如黑夜的尖叫一樣刺破某處。他住在一間搖晃的閣樓，日落時分，他從半個窗戶往出去，電車、汽車、行人和雲朵都是他無法觸及的金色。

上街時，他似乎走在眾生的最低處，走在比他們腳掌更低的地底。有時他飄起來，飄過城市屋頂，田野和村莊。他不僅沒有「質」，連「量」也沒有。他不在任何方向上產生積聚——無中心者，無內部，既不繼承，也不開創，既不滯留，也不前攝。萬物穿過他的速度使他徹夜難眠，進入他視網膜的影像瞬間淹沒於大海。

出於難以解釋的非遺傳原因，他無法將自己聚合成一個有所為的「一」，但他並不因此就是「二」或「多」，只是先天地缺了「一」性（專屬於他一個人的東西），失去中心的向心性。一個沒有性格的人，其存在本身就是個奇跡，一個謎。與會思考的蘆葦相反，大自然造了一個缺乏對象的非思者，一個沒有潛能的惰性存在，既非個體，也非大眾。此刻，他站在波動的窗前，他的目光落在街上，與陽光一同跳躍，沒有故事，沒有主角。風吹過，他眨眼睛，一次背景的抽搐。

有一次，一個女人誤入他的房間，看到那麼厚的灰塵驚呆了。他的書桌、櫥櫃、椅子上蓋滿厚厚一層如原始洞壁。「你住在這裡？」「是的，這是我的家，我的百科全書，我的時空

旅行記錄，統統都在這裡。只有我不在。」「那你在哪裡？」
「我在時間的前面和後面，上面和下面、裡面和外面。」「你
如何生活？」「我活在時間差裡。我從未存在。」

傳染性人格

毀滅性人格站在十字路口，忙於清理桌面，擦乾淨白板，將歷史的牆投影為隱藏著未來通道的海綿。傳染性人格則站在醫院門口，深呼吸，將劇烈活動的絲狀細胞吹入周圍的新鮮空氣。他倆從未謀面，遠遠看著對方，以認識的目光。

與古希臘哲學家一樣，傳染性人格四處游走，傳授技藝。無論走到哪裡，他都在尋求新的傳染方式，建立新的接觸，實施新的滲透。他將從自身而來的顛覆之物（絲狀觀念）以體外受精的方式，授予別的思想與身體，完全不被察覺。

他永不被泡狀觀念內的其他生命體感染，因為他整個人就是一種自內向外的流溢，有時陽光照在他的金髮上，幾乎光彩四射。如同紀念毀滅性人格，我們總能回想起在生命的某個重要時刻，被感染性人格深刻感染，以至於我們體內至今還放射著一種對付他的弱光。

毀滅性人格沒有內部，他是一股看不見自己的盲目的力，而傳染性人格則是一個封閉的自覺的球體，一直孤獨，無歷史感，只關心自我完成。實際上別人很難窺見他在做什麼，因他孵化的絲狀物不是直接可以反對或接受的東西，而是一種無以化解的纏繞，一旦攀附，很難擺脫。

他的附著性讓身體機能失靈，讓機器失靈，他是系統與機器的敵人，雖然他時刻製造新的機器。他的目的不在於顛覆既定的身份，而是顛倒病毒與宿主之間的關係，讓每一個被他感染的臉不知不覺換了一副表情。它比面具更難識別，它是面具對臉的抵抗。

有時他在隱蔽中滲透入思想對身體的懷疑。作為不可見之物的宿主，他可以在自己以及對方都不知曉的情況下，深入對方或自己，在那裡種下一個小小的殼。這個殼破裂後進入既定觀念的循環，與大小不一的顆粒一起流動，裝扮成它們，嘲諷它們，篡改它們。

哪怕他無法回應這些殼的奇怪吸引，別處的聲音也會把那些他不認識的卻已被他改變的人，帶到他面前。他比他們年輕。感染散播後的非自願吸附，是他一直試圖避免的，因為周圍總有一群新的狂熱分子，讓他有點擔心。

有時，他想著與毀滅性人格握手將是怎樣的結果，或許他從此正常，他的病也就好了。

第四象限的人

他出生的時候除了父母一切都弄錯了
年代，國家，環境，姿勢
烙上系統錯誤的陰影，但沒人為此負責
他一直走在無色的小路上，費了
好幾十年來處理語言的問題
他在人與非人的二進制中長大，他的哭聲
普遍型號，他不過是
一架嘎嘎響的嬰兒，他的眼睛
雖如大海之藍的純淨浪花
也只存留萬物的碎片

早在出生前，他就認識他的父母
他們一起穿過自動大街，他奇怪
以前一起走過的路，現在又一次吸附
疲倦的腳，還有那麼多數字
每一個數字都有一雙腳，他只認識一個

他的父母，是他從上一次
情感的崩塌中帶回來的，現在為他備好
另一次跨坐標飛行的黑匣
然後示意，你可以乘春天的波浪離開
這巨大的插電的搖籃

在風吹不到雨也淋不到的地方
他的視力一直是負數，一切圖像在他大腦深處
倒轉成鏡像，他一直未能
擁有惡的觀點，而任何激蕩之正義
的想法對他來說也是陌生的
任何光跡在他眼底留下一灘狀似穢物
讓他片刻失明，他像蝙蝠一樣
靠聲波飛行，繞過最高與最低之物之間的山巒
他的區域越來越與周圍的人重合
但他始終看不見他們，只能聽見他們的回聲
從他們之中像影子一樣出入
他的飛始終是一個內語言問題，但沒人
為此負責，他就在這沒人的區域
發出影子的吶喊

一個堅持說漢語的人

他回到家時，世界上已沒有人說漢語了
電視裡飄著雪花，狗像不認識他那樣吠叫

語言一個接一個消失，先是土瓦語，然後
樹也開始消失，植物種類日漸減少

他最初學漢語時，有人告訴他這是不可能的
他對窗外那樹說出第一個字時，起風了

樹葉對他點了一下頭，他開始相信漢語
與萬物之間冥冥的呼應，雖然

他周圍的人，他的學生和同事，都不在
工作範圍以外使用漢語，他仍堅持

每天用這種語言寫日記，記下一些想法
以一種極簡單的方式描摹那樹

他覺得看見這些字，就看見了樹本身
他閉上眼睛，捲起舌頭

他的發音很古怪，如羅伯特・阿什裡
實驗音樂中那些無調敘事，漂浮的幽靈

在沙發與桌椅上盤旋，對他詭笑
但沒有人來糾正他，人們只在學校

使用這門語言，跨出大門後沒人說它
大門的界限就是語言的界限

後來因為學生的減少，他講授漢語的
機會也日漸減少，直到完全沒有人

選這門課，他也無法讓學生看見
當他說出第一個漢字時，那棵樹的示意

如此的婀娜也許是世界在語言光照下
不被察覺的飄動的影子

他尤其喜歡漢語裡植物的名，每種植物
從很遠的地方來，說著一個故事

此時已經沒有人能完整地叫出它們
實際上人們一直在更新事物的簡易代稱

他卻想知道一棵樹終究無法說出的
日復一日，年復一年，他自己說，自己寫

直到有一天他打開大門，發現自己
成為世界上最後一個還在用這語言的人

無政府主義者的陽光

他在清晨陽光里醒來，發現自己變成了無政府主義者。

他伸手去拿衣服，衣服不見了，他乾脆赤裸上街，陽光照在身上感覺不到一點壓迫。

貴族、中產階段、工人失敗之後，一個新的人在陽光中誕生，如孩子走在冬天的樹上。

他沒有歷史包袱，他從歷史中出來很匆忙，陽光直接打在身上。他說著麻雀的語言、風的語言、樹的語言，被當成精神病患者。

他不再害怕一貧如洗，因為這陽光就是一種新的文化，新的價值，他內心放著光，將警察包圍。

棍棒在他頭頂揮舞，也如一陣光的把戲，他有一種特別的權力，讓棍棒在一種語言儀式中消失。

然後他對著樹林宣講自由，居然解放了一般意義上的落葉。
然後他組建沒有屋頂的工會，幫助失業者獲得虛空的補償。

然後他改革石頭的宗教，命令路邊小石頭跳起舞來。
最後他廢除了律法，所有人懸浮起來，在冬天的樹上行走。

一個無政府主義者在一個冬季清晨裏著陽光的毯子，想著
不可能之事。

一個剪斷國家臍帶的人

在身體不離開國家的情況下，一個人是有可能脫離國家的。如何做到這一點？只需剪斷你和國家之間那根略顯晦暗的臍帶就可以了。

就那樣咔嚓一下，連接你與國家的那根紐帶就斷了，當然國家照例認為你從它那裡生出來，須盡後代的責任，例如常去養老院探望。但每次你去探望時，它都顯得不像你的親人，你摸摸肚臍覺得這不是真的。

從一個了斷的夢裡醒來，他大汗淋灕分不清前後左右，如第一次走出太空艙的宇航員。他定一定神，下床走幾步，似乎沒問題。對面屋頂上一隻貓在曬太陽，什麼也沒發生，他只是做了一個剪斷國家臍帶的夢，他記得夢裡喊疼。

這個夢的前半部分是理想主義的，他從一個被稱為國家的機體裡吸收養分，驕傲地成長為它的一部分——其實是作為它的一部分成長。然而當他發育到一定階段，由於某個系統錯誤，他的大腦產生分離異常。

一開始，他的國家話語能力明顯受損，表現為接到一些簡單指令後，他往往要花很長時間來理解並做出反應，以至於人們認為他缺乏反應能力。此外，他在臍帶中進行「思想回流」的速度也很慢，另一端常收到一些扭曲的信號。

這個夢的後半部分因他的內向鎖閉而變得超現實。失去了由國家定義並提供的快樂之後，他開始觀察與這龐大機體的關係，他第一次看見肚子上那紐帶里流動的暗黑物質，他看看周圍的人，他們臍帶里流著暗紅物質。

這物質保障了人們的日常養分，他們夢見這臍帶變大變粗，如一條蛇裹緊他們的軀體並來回摩挲，這裡似乎有某種難以言喻的快感。人們，那些被稱為「人們」的人，乃是這國家的幻影軀殼，他對自己說。

要剪斷這幻影般的聯繫，須在瞬間完成，否則進入「剪不斷理還亂」的傷口程序，大量失血以至生命危險。而且，他必須在這龐大機體做夢的時候切斷聯繫，否則它也會感覺到痛，從而觸發應急狀態。

於是在一個沒有星光的夜晚，他手持剪刀進入模擬好的深度睡眠，在所有人睡著時咔嚓一聲，某樣東西遲鈍地抖落。醒來後他發現，他對國家的一切感激與交流，都變成了誕生之前的記憶。

一個形式大於內容的人

仔細看，他各方面都很完美
頭皮比耳朵高一寸，眼珠比鼻子多一個
下巴翹起來，掛一個社論

他衣服里裝各種理論，隨便
摸出紅黃藍的標題，筆記，注釋

他喜歡簡單，簡單到早餐只一個雞蛋
他說吃得越少熱情越高

然後他沿著輿論走入四面都是牆的地方
走上一堵牆，在牆上
來回踱步，念念有詞

一邊走一邊划掉系動詞，形容詞，副詞
顫音，喉音，切分音

他討厭悲愴的歌劇以及一切病態之物
他眯著眼睛看一幅幅很大的東西

一個抱著火箭上升的人

他不知如何被點燃了，他往下看時，已升到大約十層樓的高度。

他雙手環抱熊熊燃燒的火箭，越升越高，腳下是童話般建築群，高聳的教堂，蘑菇房子，一條大河奔流在城市中央。

短短幾秒鐘內他感覺飄過了五大洲，他醒著時想看的世界各大奇觀，都立體放映機般在他腳下綻放。

因為頭頂缺乏可見的參照，他不知是倒立還是正立著穿越各個城市，總之他離出發地越來越遠，教堂消失了，雲霧前來環繞。

是的，他想離開大地，但沒想到以抱著火箭的方式，稍一鬆手後果不堪設想，同時，他也沒想到能抓得這樣緊。

在一陣不同於熱氣球的迅速上升中，他毫無保護地穿越大氣，但他並沒有被燒焦，實際上，他雙臂仍緊抱著。

再不見森林與河流，人類與城鎮，半透明的物質夾雜一些閃亮的冰，從更高處落下來，更多的水，霧氣。

然後，他經歷了從未在任何一次想象中經歷的事：一個脫離了大海的海面，浮在高空迎接他，波浪洶湧，卻不落下一滴水。

這海從何來？如何浮在這至高之處？這懸浮的水，是否是通向某個終極實在的大門？他一咬牙，抱著火箭衝上去。

他出來後，停在一座五彩的山上，火箭燒光了，幾根火柴在他腳下噼啪作響。他四周巡視，山上好像有人住，門很破，他走過去敲了一扇門……

然而他記得最清楚的，還是抱著火箭穿越大海的一刻，一大片水浮在頭頂，不滴落也不揮發，整個地懸浮，有上下兩個海面，剛進去就出來了。

一個失去聯絡的人

如果走遠一點，走下這山坡，穿過兩個街區，就是大海了。從林中空地看過去，大海鮮嫩的藍是一層完全沒有深度的底色。把自己放上那幅畫，他想，如海鷗消失於波浪，雖然在他的視覺中，海完全是靜止的。

他坐在山坡上看海，前些天還有游泳的慾望，但人群已連成珊瑚礁，佔據了大海，無法游。人還未化作波浪，人是自己的沙漠，他想，除了人，人孕育不出別的。海與沙只是同一運動的不同形式，其中間態構成了半濕潤半堅硬的生命物質。

這物質使他放棄一切號碼的撥打和接聽，他關閉腦電波，以達到與這些匿名的樹和草葉的交流。風吹過，它們動起來，像人一樣被牽動，柔軟多姿，卻依附各自的根，從泥土——海與沙的中間態——裡站立而出。

他自己也是非植物生命的一員，從僵屍群裡站立而出，其自身的變化與牽動，抵抗與放棄，站立與匍匐，表面上與自然

並無差異。但實質上，從他的眼裡長出的錯綜複雜的意義，已經將周圍世界圍成一個統一體。

然而這統一體並不穩定，可以因某種干擾（例如過大的噪音）而晃動乃至崩潰，正如過度的開採毀滅了自然。其實，短短幾分鐘，他已把生活的可能性在腦子裡放映了一遍：走入藍色的可能性，回到中間態的可能性，等等。

對海的觀看既非行動，也非審美思考或感知，只保持為單純吸引的狀態。午夜降臨大海，然後日出，他似乎以某種方式在操控海水的顏色，彷彿他是海的前世，彷彿這過多的無言的意義都從他破裂流淌而出。

將自身遺棄於自身極端困難，除非做空殼人，但最低限度的意志和道德決定了人無法回到零點，變成大海那純粹的湧動。他所能做的，不過是將自己的道德一顆一顆沙漠化，變成沙漠至為堅硬的核心。

不為所動即徹底沙漠化，完成虛無的安住。有所動，如這些隨風飄舞的枝條，也不表明它的枝與根是相連的。表面的動如大海的閃爍，那底下是不發光的真實，那樣的真實只在黑暗裡運動，在黑暗裡撞擊，碎裂。

如果走遠一點，走下這山坡，就進入來世生活，觀看就結束了。大海呼喚他的變形記，他的出埃及，她豐盈的使者已經到來。

不可設定者

……將真實與絕對純然地放入白晝之光
——費希特

在自我≠自我之後，出現一個古老的游動的影子。神的影子。

他們說神與我們不一樣，觀看「自在之物」，而我們一直在黑暗的鏡中。黑暗是神的軀殼，必要的繼承，人無法在光裡看見黑暗。

光再次回撤入自身，撤入被宣示的更早來臨者，任由黑暗統領驅力的盲目世界。但自我≠黑暗，雖然自我孕育於黑暗，正如圓心≠空圓。

永恆的橄欖枝掛在時間的果園，風歸於寂靜。你沒有經過時間的焠鍊，一直是現在的模樣，你就是純然閃耀的白晝之光。

與大地一同轉入黑暗。你，有顯示自身的自由，不顯示自身的自由，讓石頭開花的自由，讓石頭成為石頭的自由。

不必造出一個最好的世界或任何世界。你不必創造，不必世界化。不創造時的你，行在園子，行在荒野，尋找你自身的中心。

你並不知道，你在找一個人還是別的什麼，一個可以托付中心的東西。它睡著後夢見長出了河流般肢體。它有不眠的眼睛。你不叫它，它不會醒來。

他們說世界之初只是永恆的一個擬象。萬物瞬間出現，沒有生成，沒有死亡。久已發生的就是尚未發生的。在自然這面鏡中，你種下孕育的黑暗。

與夜晚交流者，必進入神的軀體，你誕生前，體內與體外一樣黑。你如何分得清屬於自己與不屬於自己的。在區分之前，已疲倦於區分。

他們說黑暗能創造，也能毀滅。正是那沒有時間的黑暗，驅使你行在自由的深淵之上。沒有時空，沒有存在，第零天。你，非存在者，反向轉動，拼命擠縮存在。

於是有微物湧現，有光，你第一次看見。你看一切「自在之物」都是好的。但蛇，那邊緣與中心等同之物，造出表象的閃光。

你將「理智直觀」吹入與你至為相似者，它睜開眼，看見滿天繁星，它笑了。日後，它行於深淵，行於沙漠，始於自由，終於乾渴。

無始的生命之圓。中心包圍邊緣，即死亡的時刻。眼睛—心臟：靈魂進入、退出的地方。自絕對—閃光，開始記數。

流逝者

「人類的嬰兒如激流裡上岸的水手
全身赤裸，尚無語言的力量」
　　　　　　——盧克萊修《物性論》

時間的均勻流逝並非一個客觀事實，根據相對論，處在不同高度的鍾的嘀嗒並不完全一致，雖然非常接近。也許某種集體幻覺在流逝，也許系統錯誤在流逝。

當人們站在一個從「變化的流逝」之河流抽象出來的岸邊時，他們看到的幾乎不是一條河流，而是無數涓涓細流涇渭分明地流淌，有的快有的慢，隔著細胞壁流淌。

有的類似超導，所有水分子集成一束，讓時間以最快速度通過——這樣的生命迅猛燃燒，通體發亮，溢出的光照亮前後幾個世紀。

大部分河流以並非勻速的緩慢方式流淌，既被前面的水阻滯，也被後面的水驅動，在一種不由自主的辯證運動中達到自身的歸屬。

還有一種極少見的河流，如貝殼上面的螺紋，經年只有細微的變動，痛苦的抗阻遍布全身——如果我們把「痛苦」理解爲時間的瘀滯。

那麼，流逝中是什麼在流逝？什麼在剛才那一刻失去了不可複得？

如沒有記憶，將很難感覺時間或流逝本身。記憶認爲前後繼起的事物之間有種必然關聯，但時間到底是這種關聯的至爲內在的本質，或它根本只是一個外在的表象？正如難以分清，空間究竟表明兩個物體的位置關系，還是視覺對物的某種刻意安排。

我們依靠記憶對時間的先後作出判斷，還是依靠時間對記憶中發生事件的先後作出判斷？這同樣難以決定。

一種不被意識與感知的流逝，卻以某種方式印留在記憶的河床，而僅憑一些蛛絲馬迹，記憶就要重構出在它上面流逝的整條河流。記憶常一拍腦門，驚呼，「我想起來了，晚上我應該打電話給 XX，這是我昨天做出的決定。」

於是記憶將流逝的各部分決定爲本質上的因果：「哦，我想起來了，那是因爲……」

記憶不好的人常無法識別流逝的連續性，把它斬斷爲一塊塊「時空切片」，每個切片乃是一個凍結的沉默的圖像。記憶不好的人說，我感覺不到時間怎樣抵達了我。

對某些人來說，時間的河流乃是漩渦，它來回攪動，居無定所，也有人陰差陽錯地擱淺在流逝中的某段，很多年後在另一段上繼續。

事實上，流逝者感到某樣東西在自己身上流逝，水一樣的東西但不是水，時間一樣的東西但不是時間。

變化？整條河流保持不變，各部分移動而已。流逝者感到體內的缺失時刻被某物占據──空虛者即充實者。空虛中流逝的，將以何種方式返還？

希望症患者

希望之於絕望,如獵物之於獵手,本來無所事事,希望的人多了,慢慢就有跑起來的念頭。一座移動的沙丘,一片夢中森林,一面有無數人形洞的牆,在未來的風景區,無數陽光獵人穿過去了。

希望附上他身體如藤壺爬滿一條船。生活中並無一物能治癒他對希望的迷戀,例如,那條狗能作詩就好了,哪怕說一個字,也是奇跡,他甚至希望花瓶發出一聲嘆息。其實,他已絕望於事物如其所是。數千年來,人們一直在打撈希望的殘骸,從景觀的廢墟中。如果事情還有救,一個人從方舟出來就不能回頭。

玻璃被第一縷紅光映透,它的尖角敞向天空深處,與晝夜生物息息相關的轉動開始了。無人察覺的流逝,透明尖角的轉動。在無色的生存之夢裡,他說服自己醒來後成為從樹端飄落的第一個。渴望火的擁抱,快速如一種慾望的燃燒。雨滴落到

頭皮上，結束一生的飛行。毫無因果的希望，誘使他進入。

他走出希望的野地，走上一望無盡的繩索，從一座山峰到另一座。讓他目眩的不僅是直射頭頂的強光，底下眾神遊走的深淵，更有一次次從道路之蜿蜒中撲面而來的快感。他開始混淆哪一個希望是借來的，哪一個是自己的。

天空行走者

這些星星都是深淵,他在之間行走不留痕跡,如光明行在黑暗的水面,哪怕他從不創造。他從一個星系到另一個,只需眨眼的功夫,沒人知道他的所在。

他本從黑暗來,從小接受唯意志論熏陶,然而隨著心智對星空的敞開,他厭倦了黑暗面之黑暗,例如征服、統治、洗劫,於是拿起武器反抗黑暗。然而,黑暗的手輕輕一揮,他就失去了武器,開始流亡。

他旅行靠的不是飛船,而是一種他從洞穴祖先那裡學會的以暗號駕馭的光一樣的物質。有一次他駛過某個星球的天空,看見那裡的生物仍屈從於黑暗法則,在無際沙漠裡沐浴紅光,等待體內鐵元素最後的衰滅。他們抬頭看見他了,大叫:「天空行走者。」

他所理解的黑暗法則:你不能以那樣的方式行走,不能超越光速,甚至不能指望鐵元素變暗之外的任何東西,特別地,

你不能劃過別的生物的天空而不帶來拯救或毀滅。簡言之，萬物必有其因，作為萬物之靈，你必須促成其生成與毀滅，以完成你的使命。

像這樣的星球很多，遙遠地泛著黯淡紅光，無一擁有「文明」出現之初的活力。

出於對這無處不在的混沌之秩序的反抗，他去很多星球組織起義，然而只有極少的願意在帝國疆域外尋求機會。「帝國」指的是由精神－生命之物統治的任何時空，這個詞幾乎是反諷的，因為很多飛船上銘刻的名字早已鏽蝕，並沒有什麼帝國。

跟隨他的起義者必須穿過死星堆積的漆黑空間而毫無生還的念頭，必須經過許多衰變的戰亂的天空而沉默不語，因為黑暗力量想要的正是他們對自身強力的屈從，黑暗想要他們降落，干預，爆破。

於是他們的存在與行動變成高度悖論性的，為了帶來光明，一切必須在暗中進行，在暗中對所謂宇宙必然秩序進行顛覆。他們發明了一種特殊戰鬥方式，無論何時遇見變成敵人，就立刻變成他們，至少在外形上與被殖民星球的統治者毫無差異，唯一區別在於他們的鬥篷底下多一個光的護符，一個暗號。在適當的時候，以匿名的方式完成解放，然後從天空的洞口撤離，所以人們只知道呼叫「天空行走者」，好像真有人在頭頂走來走去。

連黑暗力量也承認他們，試圖用理性的激光消滅他們，但無處不在的黑暗恰好無法分辨一個個黑洞般的空無的秩序更改者，如果黑暗力量賦予隨時製造黑洞的天空行走者以某種結構性特權，那這場戰爭就無窮無盡了。

難道天空行走者渴望的不正是無窮無盡的東西？一大堆死星或紅巨星之中的永恆之物？某道繞過青草和大海的折返之光，降臨在時間那忍耐之巔？好像黑暗力量從未正面地存在過，好像他的誕生只為了證明這一點。

複製者

他說世界本是複製出來的，一棵樹奮力躍出另一棵，一個上帝奮力躍出另一個，「原始湯」中盲目分裂的細胞成了我們共同的祖先。變化是偶然的，它對應於複製中出現的錯誤——「我」的誕生。

他對鏡子說：「因此我將相似於許多事物，卻不是它們中的一個。」他很難說清這是一種絕然的不同，還是冥冥中的差異性複製。例如人類被分別誕生（分配複製）入不同文化，是否只為了避免自然復印機的局部過熱。

在相對恆溫的那個點上，本著對複製精確度的忠誠，他開始生活，首先複製穿鞋，然後複製洗臉、泡茶、坐下來。他毫不懷疑壺裡能倒出水來，因為重力就是這樣複製自己的，而他不過複製了昨天重力的複製，今天就能喝到燒唇的茶，很好。

他抿了一口茶，推開窗，走出去便是藍山。他搬來這裡之前，從未在清晨造訪霧氣朦朧的山。他感到新奇，但很快意識到「從

未」這個詞不準確，上一家房客肯定也這樣推開過窗，發出過相同贊嘆。

幾乎可看見那影子的嘴唇在說：「沒有任何特性是我獨有的」，換言之，「一切都是複製」，包括我的身體，以完全不顧我感受的方式複製，我的眼睛，正複製所有正面、側面、特寫。

一想到這個，他開始不安起來，回到臥室。他向來認為獨創是一個神話，包括昨晚，他還琢磨寫一本《詩歌寫作大綱》。實際上，在一種原始湯以來的代理思考狀態中，他早就不去想一生不出二、茶葉加水生不出茶的可能性。

一個人面對著山的時候是有可能寫出詩來的，他想，而這詩必定與山有關，必定具備雄偉、清奇、峻峭的文體特徵，因為山顯然是這樣的，如果不這樣寫就會失去山與別的事物的差別，而一種忠實於複製的詩顯然應把事實性提到首位。

他這樣想著又回到客廳，坐下，從以前的文檔中複製一個山的題目，同時惦記著眼前這真實的山，真實的感受，他感覺離題越遠越好，這樣才能喚起新鮮感，同時不能忘記這座山在時間中是怎樣複製自己的，它的歷史、傳說、風俗。

他寫完的時候，已是中午，但他寫的太投入，鐘停了兩個小時他都沒有察覺，他看看鐘以為還早呢，於是又推開窗，開始欣賞霧氣朦朧的山景。

一個假裝思考的人

整個世界也不夠填滿他過大頭腦的一個小角，他在桌前坐了一上午，沒能寫下一個字。

他起身看窗外的霧，我應思考這層霧（真實的表象）還是霧背後的東西（表象的真實）。這霧不過是冰山一角，藏有巨大的未知。我應該探查一切未知之物？什麼是未知之物？那冰山不已經迎面撞來，將披著被單的人們統統趕上顫動的尖角，而大家竟然驚呼沒有看見它？

他突然想到，如果我不能思考差異於認識的世界，我至少可以思考「思考」本身。對十九世紀的人來說，這種回環性思考是絕對必要的，而二十一世紀的人則認為，思考只是大腦運動的一個結果，一股脈衝，在其他脈衝干擾下，它持續的時間與所接受的世界一身體信號成反比。

然而霧嶂隔絕之中，寫下任何一個從思考而來的字已非常困難，呼吸已困難，從天空和大地開始的思考顯然變得不切實

際。學會閉氣思考,他從早上八點就開始重復意識到這一點。很多人一生也未思考過一個迫切於生命的問題,他們只是假裝思考,你往往能猜中他們在想什麼。

被猜中並非壞事,他想,至少強於不被理解和接受的人道主義救援。假裝思考與思考的關係如何?假裝思考乃是接近思考的重要一步,例如「我該馬上去醫院,我的腿流血了」這個想法已接近於真實思考(它迫切地思考),但想法不等於思考,如比喻不等於論證。說這句話的人肯定還待在家裡拖延著不願去醫院,有某種思考抗拒著他的想法。

從另一個角度看,相安於隔絕的現實本身不就是一種勝過思考的智慧?就智慧帶來的世俗利益而言,思考明顯處於還未發動就甘拜下風的地位,這部分地解釋了為何思考總是處於假裝思考或期備思考——他不指望抽象的思考能阻止大屠殺這類事件。他只是本能地覺得思考的危險與智慧不相符合,但在生活中,他一次次被拉回顯得有智慧的表象,該現象指出了人的本質分裂。

他假裝思考這分裂狀態,假裝從中得出一些關於生活的見解。例如他問,關於分裂,查拉斯圖拉特是一位智者、思考者還是假裝思考者?如果從克服分裂之超人這個假定出發,顯然無法得出別的結論,而且對查拉斯圖拉特來說,這乃是得到思考和明證的某樣東西,已蓋上永恆的戳記。

但與常人相異的查拉斯圖拉特仍是從力的概念來思考生命世界的，也許就是這個力把思考與假裝思考分離開來。我們看到兩種狀態的思考——直視太陽與避開太陽。考慮到假裝思考的霧瘴當下性，前一種方式雖然本真，但直達真理顯然不太可能了；後一種看上去柏拉圖式，但至少提供一個先例讓我們接近世界的未示之象，在當下，這樣一種局部趨近顯然更適於複雜多變的事態。例如，在中東，沒人指望一下子說出發生了什麼，同樣，在這個國度，沒人指望一下子說出還有什麼尚未發生。

已發生的必然合乎某種類型的思考，例如他很久之前就已思考過霧氣的不可避免與不可觸及，但還是忍不住驚訝於這迅速的包圍，一些白色物質很快充滿空間，引起思考的不安。他可以假裝不顧它們而思考別的，或關閉思考以進入表象的遊戲，或像黑格爾那樣思考總是已經被克服的、從思想中消失的概念之物。

他以為通過概念的精神構建，就能清除環境的物理霧氣，他以為思考如何生活得更像人，就能窮盡人的本質，他不思考這個本質如何變成了霧狀。

一個學習飛的人

他下決心學習飛的那一刻，人們已快走到山頂，他們隱現於狹路，在各個關口插上小旗，不久整座山就被他們佔領了。

他按照夢中指示，憑借呼吸與意念懸浮起來，山腰處，他看到許多人揮舞火把，大喊一些聽不清的詞語，夜裡燈火通明。

他深吸一口氣，舒展雙臂，直升機般接近那座觀景平台。人們看見會飛的他，拋來目光的石彈，噴射幾十米長的憤怒。

哦，夜晚如此繁忙，從天而降的火落滿山頭，這夜裡任何災難都可能發生，他們已佔領山頭，堆起跳舞的石頭。

他懷疑這山被某種夢的氛圍籠罩，但同時也意識到飛的行為不得不從屬於夢，即他對這山的飛行觀察不可能超越夢的視域。

他在空中轉過身，把視線投向別處，一座座傾斜的樓房，窗

戶背後的生活如一場憑空而立的演出，每個家一個窗，每個人一扇門。

被門鎖住的人並不知夜裡發生的事，並不知夜裡那山頭已被佔領，有人戴著面具，高舉火把，念念有詞，他們看不透這門。

學習飛首先要求鎮定，任何的驚慌都讓你掉下來，飛的秘訣在於保持一個觀察的姿勢，將身體保持為穿透的目光，領會的目光。

正是對夢之風景的投射，憑一個簡單的念頭他就能飛起來，因這是一種內在於大腦的飛，他看的一切要麼帶黑影，要麼有波痕。他在顛倒中飛行。

唯有這山，他轉向它的任何瞬間，它從上至下都喧鬧且燃燒，唯從這空中才能見它的全景，樹林閃著紅光，任何災難都可能發生。

但他無法警告熟睡中的人們，他們睡在光里，更加祥和的光，他們不相信災難。他也無法將這夢景相告於醒來的人，那時他已落回大地。

時間循環

「虛無不過是頭腦的妄想，一場影子與沉默的喜劇」

所有時鐘都朝一個方向走，所有人都朝時針的方向走，每個人以反轉的方式從他人處收到開始的指令，然後繞自身之無旋轉，形成一股強大的吸引

難道必以天體的活動決定人的命運，這宇宙的大鐘內，每天都有人從輪盤上摔下來，鼻青臉腫，爬上另一個數字

順時而下的人陷入時間的淤泥，逆時而上的人遭遇危險的源頭，誰在河流裡保持長久不動的站姿

時間的遊戲無關於運動或流逝，若關閉時間，請同時按下正一負按鈕，一場爆炸

難以理解的是，誰在時間崩潰處放了一把槍，裝滿絕對的子

彈以一勞永逸解決意義的問題，一隻嚴肅的手已舉起它

這似乎是一場陰謀，除了一個空白空間，什麼也沒有發生，除了一個 S 空集，被牢牢確立

瞬間相遇，瞬間分離，兩個瞬間之間夾一個事件，兩個事件之間夾一個瞬間，事件，瞬間，事件，瞬間，事件，瞬間

地球越轉越快，做夢時能感覺到時間越來越不像人的時間，非時間化 =X

一場偉大的靜止只能在時間內部尋找，內部有人一直在睡覺，沒完沒了地夢見許多人舉著車票叫嚷著要離開這鐘錶，他一個個發放黑護照，這車站牆上全是撕了又長出來的新的一頁

每個人看見的風暴都是風暴的一部分，被捲起後消除了運動的幻覺，世界一片寧靜，黑暗本身在旋轉

黑洞意識形態

無論任何話語或觀念，只要它想把每個人都卷進去，可稱之為「黑洞意識形態」。

它的首要功能是在差異中複製自身，在自身中複製差異，善與惡，信仰與非信仰的對立，在它之中時刻變幻。簡單說，它絮亂了矛盾之物。

把心愛的小狗扔進去，一千條一模一樣的小狗出現在邊緣，亟待領走。再把一段引文扔進去，一千條措辭幾乎相同的引文散落出來，宣稱來自同一本書。最後把佛扔進去，一千條不可分辨的金光閃出來。

所以不得不閉上眼思考黑洞意識形態，相當於思考可見物得以複製的一般結構，難以捉摸的總體效力。或者它裡面竟然沒有因果作用，認識與事件在一種嚴格意義上實現共時，就那樣「啪」的一下。

一切意識形態中，黑洞意識形態是最隱蔽，最強大的一種。它不僅抹除與認知的接縫，使之如自在之物一般運行，它還為後者源源不斷提供時間，場所，事件的三維圖景，讓人感覺身處颶風之眼卻毫髮無傷。

這就是為什麼我們摸不到事件邊緣，因為它將這個邊緣不斷轉化為我們腳下失去的地方，我們只能摸到無限延長的防風帶，從創世到終結，從終結到開端，這個循環構成黑洞意識形態被掩蓋的時間性。

當然它不需要時間，國家與地域，甚至都無需個體。它質詢一切，警察，機器，愛，雲朵，無機物。它漠視一切名稱，黨派，吸入它們如星塵，碎石，光跡。

它之所以能吸引人這個物種，就在於它所衍射的奇異之光，將一切潛在顯現為實在。

人與機構

在沒有人的地方總找到它
一件古代兵器，一種建制，掌控
水與土地，超越生死的
漫長治理中，它獨自加冕

在應發現人的地方發現它
深埋於雪，不斷簽下「克拉姆」三個字
將路過村子的好奇之人送入
大雪紛飛的邊境

在人倒下的地方，已經看見它了
一面永不喪亡的旗，插在
生殖的凍土上，從相續的吹息中
長出根莖，從人嘴裡學會「我們」

人失語時會聽見機構的聲音

人以為人在說話
人有時忘了這反身格鬥最初的規則
城堡不能確立自身，而最初的人們

如何在篝火旁說著話，取暖
然後站起來確立自身，宣佈第一個
合法的妻子，並在洪水之後
豎起第一道門，在上面刻下
「離開我，只有荒野」

貓與人

只有貓知道人是怎麼走路的
不在時間中的也不必接受
死亡規劃下的認知
關於人走路的方式，兩只貓
無法達成一致，它們看見
人浮在空氣隧洞裡腳不沾地
人相對於貓做加速運動時
貓與人之間產生一種緊張
人的意向並不明確，貓本能
給出一個危險的解釋，人會不會
跳出自己的軌道成為貓
貓的時日的縮短，剩餘的時間
正比於人撲過來時變大的
空間的影子，這與一輛車撲過來
沒有太大區別，手握方向盤
的人相對於貓做圓周運動

貓就翩翩然自旋起來，它本能
認為這是引力的轉換
自然法則的突變，它的感覺
已接近一個無神論者了
人抓起貓的同時，也被貓的爪子
拎起，他口袋裡的鏡片
工作證、銀行卡、計算器
可抵押給空氣、流水換取夢中的樹
貓做夢時，人不一定存在
人的透明的手不一定撓醒它

速度政治

一個以光速奔跑的人發現周圍的人變友好了
他們送來長長的影子，他們說
——你不用這樣跑，但一開始都是這樣
這表現你的決斷，超越是一個持久返回運動
一開始我們信誓旦旦，後來發現
不跑才是跑，不跑乃是大跑
乃至倒著跑也沒有誰出來反對，你可以
看看混亂的程度，也總能在別人看你的目光中
看見一個不見的內核，要知道
一次撞見終點的可能性幾乎為零
有很多圈，是在看不見的情況下跑的

你不知跑了多少圈，還有多少圈要跑
多少圈可以不跑，因地球是圓的
你的行程不能正直如初，有種看法認為
人們都在繞不同的圈，從太空繞入地底

然而靈魂最後要在某個邊界轉變
成為它的對立面，這謬誤造就了奔跑的智慧
這無限刑期的活囚，關於時間的謀殺
我們都有不在場的證據，可以說
是我們之中跑得最快的你，殺死了時間
把現在指認為未來──

這些說法以萬有之速從他身後撤去
超速的罰單有一個流動的數字
為模糊的視力支付一條忽左忽右
忽上忽下的不可能之路，兩條，三條
無數條，直到大地開裂冒出白煙
直到他與一切線圈合為一體
他就是那偉大的圓，償還一切的人
這永恆的超速者，從自身向自身拋出
一個個懈怠之人，緩慢之人，手持兇器
卻不敢對時間的尺度下手的人
他之內的光浸沒最後的惡
他臥室的夕陽是剛剛誕生的樣子

沒有詩意的理性

他關上毒氣閥門後就睡覺了。

把一切歸於「人人」似乎推進了人對世界的理解。人的數目是有限的，但它超越了統計，我們數不出全世界有多少人。世界由人組成，人從視角闡釋事實，這些闡釋加上事實，構成人生活其中的環境。人就是人自身的環境，人的內在嵌套著人。那深不可測之物也許只是一個幻覺，如時間是運動的幻覺。

有了語言後——有「人人」才有語言——人能在沒有真實預見的地方使用預見性說法，在天氣變化的時候使用「從」、「轉」的說法，雖然它們僅僅與變化有關，天氣因果從本質上說是不可預見的。人人可以預報天氣，只要他對圖表和數字的闡釋是一貫而且合理的，天氣預報不會犯錯，我們說，壞天氣被「推遲」了。

理性絕不會在沒有風的地方興起浪來。人可以逛遍醫院的每個角落卻找不出發燒的起因,理性假定發燒必有「局部」起因,它忽視了一種可能,身體可以在沒有局部炎症的情況下「整體發熱」,如微波背景輻射無理由地提升一單位。理性認為數的設定是「不可解釋」的。

但毒氣室的設計是可解釋的,花園的設計也可以,文字的生產與圖像的生產,在理性看來,都是可解釋的興奮的方式。大腦作為思維的器官,有時強迫著去考慮諸如圓周率為何是這樣一個數字的問題,圓周率是不是上帝在場的一個證明。理性認為幾何與數學將導向最終解釋。

關於詩意的問題,理性將它歸結為語言的違反,我們違反語言的同時也看似違反了理性加之於自身的規則。這是理性能夠接受的偏離,一切在它掌控之中,頭韻與尾韻,比喻與象徵,相對與絕對,都在掌控之中。理性唯一不能接受的,是詩意將一切歸結為「願望」的存在。這假定了有另外的系統而我們對此一無所知,當然,除了一點模糊、曖昧的「我希望」,「我認為」,「我感覺」。

他沒有另外的感覺,窗外一片荒蕪,很難生存,除非一些對稱結構從天而降。

內向移民

「同一時期德國存在一種『內向移民』，某些人身在德國，但彷彿不再屬於這個國家，他們感覺像移民，但並沒有真的移民，而是退縮到了內在的領域，即不可見的思想與情感之中。」

——漢娜·鄂蘭《黑暗時代的人》

從公共領域的混沌無序中撤出來，他們靠著河邊一棵樹，還沒有船過來，樹上閃閃發光的是意見的果子，他們伸手吃了一個，頓時，公共領域明亮起來，大家同時說話，遮蔽了樹林。

河邊離城市不遠，因為不知何時有船，他們在這兒搭起帳篷，像先民那樣升起炊煙。食物雖短缺，他們並不爭執，而是兄弟般分享已有之物。

一種劫後餘生的驚悸籠罩他們，他們各自說著來到河邊的經歷，有的被一路追獵到此，有的在夜裡遇見綠光，還有甚至失去了名字，手持空白護照。

他們還驚奇地發現，每個人身上皆有一個 N，烙在不同部位，橫著、豎著或斜著，也有烙在頭頂的，被頭髮覆蓋。他們懷疑這是否定性的標誌。

當局已獲知他們從舊世界撤離了，還沒採取行動，當局正忙著各類慶典，只有一個官員收到一張皺巴巴的紙條：「他們去了河邊」，他皺了皺眉頭。

內向移民者打算渡過這條河，但從來沒有誰渡過這條河，過了這條河，就進入新世界的領域。那叢林背後白光閃爍，有人說那是太陽城，邊界外的帝國。

從來沒有誰從那裡回來，以可理解的語言講述那裡發生的事，哪怕在河的這一邊，也有數不清的關於這邊界的猜測。聽說去那兒的人都長著高高的靈魂。

他們過河之後——這河的冰冷將他們的記憶凍結在此岸——據說完全變了一個人，內在之光穿透樹林，有時河這邊能看到一束束白光在行走。

但無人確信自己會變成這光，或變成另外一種例如紅光，這都很難說，有人天生多血質，進入新世界後說不定繼續製造憤怒和災難。

他們就這樣在河邊聚集，講著關於河另一邊的故事，過去很

多天，當局置之不理，直到一個多風的夜晚，一艘幽靈船浮過來，帶走所有人。

第二天早上，市長辦公桌上出現了與失蹤人數一樣多的社會理論，有紅色的，藍色的，紅黃藍相間的，每種理論都附有詳細的現實指南。

巴門尼德，雅典城外

「他會讓你覺得他閉著眼睛或全然沒有眼睛」
——柏拉圖《智者》

你永遠駁不倒一個沒有眼睛的人
他說他看見影子的閃光，著火的空氣
他在同一與差異的悖論中追得你團團轉
然後單腳站立於針尖，說運動不可分有靜止

你也駁不倒從非存在者出發的人
他，到底是不是巴門尼德的弟子，他坐在
城邦入口，說這座城既不相似於影子
也不相似於實在，天色暗下來

他對這城說，你分有影子的種族與血統
陽光下的事物中，你為最短暫者
但路邊的人不領會一個沒有眼睛或閉著眼睛的人
只有一個小孩跑過來坐在他旁邊

他問那小孩，你是少年蘇格拉底還是老年柏拉圖
或者你是他們兩個，但假裝成一個
我燃起影像的火光時，你們就暈頭轉向了
我打磨仿像的模具時，你們就驚呼我為技藝製作者
我以幻像之光示青年時，你們就指控我為迷惑青年的人

小孩一邊點頭一邊搖頭，若有所思
他接著說，我雖沒有眼睛，卻看到人之相，城邦之相
它們並非永恆製作出來的某個不變的東西，我
不僅看到這城毀於一場戰爭，我還看到城邦之相毀於一場戰爭

這個判斷現在乃是虛假，下雨了，我預感
在我一切的教導中，你看見的仍是尚未存在的東西
既非整體也非部分地進入存在的東西
我死後幾千年人們還爭論，我們生活
在像的世界、真實世界、或二者居間的世界

他剛說完這話，大雨頓時磅礴，他拉著小孩
躲入牆沿，他的手顫抖，一場地震發生於年幼的心靈

思辨患者

　　——給 R.S. 托馬斯

總與一個對立面
糾纏不清，總有
自動生成不脛而走的
超越與反對

一扇隨你推進的
拯救之門
在事物的廢墟中

拒絕入門的，坐在門口
已經入門的，忘了出來

總有不懂時間的東西
吹著口哨經過

總有黑格爾場
希格斯場，在超速道上
揚棄 / 冷凝
成圓形無意識

總有一個敵人
從背後接近，經由
最小反射角
突入上帝這面鏡子
的犧牲

致 LHC

一定有說著自身的
語言場，否則解釋不了
這許多浮游的
星塵，連夜穿過大地

超越了膜拜的機器
超越了混沌
獻給魔鬼的花瓣
灑滿在你的跑道上

這次一定在你之內
看見祂
面對面，就在一陣
粒子雨裡，面對
祂的參數，毫不緊張，因為
有的話語要從統計學的

偏離中說出，三個，五個
在一陣方差陣雨裡
碰見那向來
如其所是的樣子

帶著
適合生存的尺度，又一次被拋向
不合生存的謎

這次同你一起經受
「屬人」的最強烈剝離
同你一起發現
左右對稱的
鏡中之物

擦亮你的眼睛，在
岩石滴水的暗處
與它膠合

源出者
——給 X.M.

=X。一個觀念躍出另一個
自虛無洞口，起床

面對太陽的眩暈，奔湧的
同一性流體，漫過

打哈欠的先驗統覺
通感劇增的年代，蘋果

發出差異性預言，我已
不再慾望知識

甜美僅是罪的錯覺
如這光不再統一

存在與理念，僅照耀
杯中漣漪，我一口喝下

看上去如暗物質的
烏龍茶，朋友從外島嶼帶來的

還有一堆電線式文本
實踐，我們一起趴在

時間無限變化的洞口
清理永不達到的關係

剝落對真實之物的印象
使對面的山呈現空虛

從思想上克服有形實體
對精神的控制，如水晶

對於人類的獨立，如甜
獨立於方，如火

獨立於水，絕對
獨立於非絕對

哪怕一路遭遇冒煙的
此在，那洞口既然時刻

吞掉一切有限的流溢
醒來後的我們

不如躍出這光面，躍入變化的
充溢時空的形

星叢

你吹起時間的灰塵，它們
落上相互環繞的音節

如我們消失以後的那些樹
遮蔽我們從未寫下的

向這宇宙深處燈火通明的
臥室墜落的星體

被無數微粒造訪，卻不被
任何一個認識，無塵

能認出我們，無塵

當一切異於我們的時刻
都變成同一個方向，四面

八方都是零下一百三十度
沙丘海，無法呼吸的誕生地

讓你嘴唇打顫的離廢墟表面
更近的無人機探測

你宣稱在夢裡已目睹希格斯場
如何讓一具具到來的天體

凝滯在時間中，放慢它們
衝向毀滅的速度，將其輓留在

燈火之間，而我們
離最近的未知之物也有

夢一般的距離，夢一般環繞於
每日造訪的星際黃昏

太空骰子

落定一個點的面消失後
骰子穿過氣體，飄向太空

更廣闊的機遇，如遺傳密碼
不再受制於攜帶它的生物

飄向不懂數字的智慧，被
作為神秘圖示加以研究

一生二，二生三到萬物
都從這枚失去重力的骰子

推斷而出，它最初的陰陽
指代相互生長的法則

而非一夜之間的暴富
這逃逸的翻滾欲成為時間

於另一個維度的存在方式
脫離太陽系的時間

沒有一百萬瓦的燈泡照著
它落下的一刻，漆黑中

誰也不知它翻滾的去向
是否還有固定的點，或

在一陣激流中分裂成無數
更小的面，分別墜向

潛在的生命空間，被當成
神明一樣對待，就像

我們剛剛從沉睡中醒來
看見第一個理念

就是那完美的碎片中的圓

在黑洞邊上遊戲

在動詞邊上，在懸垂的房屋邊上
一顆白矮星浮過

許一個願，躍入起源

電視裡飄著雪花，引力場高唱自由進行曲
你回到童年，手握天線

回想時光穿梭的站台
明亮，漆黑，明亮，漆黑

從臥室到窗台，遍布你的螢光足跡

你要去太空安一個家
每日接受星辰洗禮，與星系一起旋轉

保持一種「星際間生活方式」
相互墜落，相互環繞

接近，遠離，接近，遠離
我們比劃著就看不見對方了

每走一步，都可能墜入
敘述開裂的深淵

我們還在這裡，已不在這裡了
我們在一片金色海灘上

在光線流溢的星際平面上
在黑洞的一陣劇烈閃耀中

自由與法則說出最純粹的語言

航行

有一天我夢見母語對我微笑
那天我在船上，她站在我身旁

她說大海泛起漣漪時很美
我也看見了，但找不到那個詞

這無言之動，於是我蕩漾開去
如她與我之間的那個圓

讓我一度沉沒的顫音之圓，而我
見她已如夕陽一樣蒼老

她眼裡有被水言說過的意義
此時的我不再能談論水

也不再能談論我們之間所發生的

解我於飢渴的無形的你
蒼老如水，幾億年前我就已喝過

如今我站在船頭駛出你的海域
你站在我身旁對我微笑

夕陽般發出我從未見過的紅光
然後轉向，在我身上散開

七月海上

「像海風一樣自由」

從弄皺貝殼的無盡潮水，俯衝向
泛著紅光的恆河淺灘

你是被清晨的快門捉住的不動的影子

海風沒有你的自由
你的方向

一路上抖落的沙
將被出於非本質的見證為
你暫住的一種形式

在沒有你的地方，它們又一次為風暴聚集

清晨的你
是一條已被吹乾的不系之舟
從上一次沉沒中救出的鷹
盤旋，請求

在乾涸的頭頂失去信號的著陸
失去經度後的你，漂在
溫柔的緯度

海上日出，霧，一個縮小的倒影
你從無邊的海上運來狂風
衝下山坡，吹開
萬物沉睡的句中停頓

誰將從你風乾的嘴裡說出清晨之詞

誰夢見我們跳著海邊的紅房子
當水下更堅實的部分，無人去過的島嶼

從二維的大海，起飛

八月瞬間

清晨，小島四周
一片光的混沌

無思想之光

尋找吞沒它的
思想之光

幾億年前的水

漫過鰭進化的
最終產物

身體的磷
與天空同步轉動

佇立在
魚首批離開大海之處

水中有火，不可拾取
正燒毀夜的最後一片殼

光點印上醒來的白紙
失去粘連的靈魂
呈弱神性

海上日出

在礁石上醒來，海水
間諜般湧向
已被遺棄一萬次的白晝彎曲的秘密

瀉入大瀑布背後看不見的
轉動著的黑藍

你的天使多渴望從那些
寂靜的漩渦之眼
墜入清晨

每次海面飛行
都像對著日出的一次告別

阿波羅的孩子
拋下最初的金色反光

黑夜摘除面具，靈魂拔去塞子
平流霧隔開你和一切生靈

琴聲，只有琴聲
能向一顆心要求最初的愉悅

她離我們很近
　　——給蘇珊

一陣香氣突然包圍
她的聲音先到，沒有形體
她的書攤在窗前，灰燼，灰燼
她背靠一棵枯樹

在我們之間，拉著我們的手
說，節奏，節奏
空氣泛起漣漪，她說
一個季節有很多種開法

櫻花，山楂，迷叠香
二十六歲走入一個傳說
我的手長滿花瓣
我的孩子迷失在曠野

在我們中間，她呼吸，奔走
說，音調，音調
聽不見的歎息，我的船
去了大海再也不回

她來到我們中間，離我們很近
說，閃爍，閃爍
我們搖晃如樹葉，青草
靜止於她的話語

歸來

內陸來的你一定沒見過
如此多翅膀

落在這無限變奏的曲譜上

這片海曾是我們
五百萬年前的樣子

那時心靈尚未分離
你拉著我湧向共同的邊界

又經由礁石返回
所來之處，毫無阻擋

被高於我們的東西
穿透，拍打，不說一個字

哪怕是「蛹」，哪怕是
「痛」，哪怕呼吸已透明

也無法避免碎成
自然期待我們變成的思念

靈魂即將擁有形體的瞬間
被放逐回錯憶的海

在那裡，你將永遠記得
我們似在哪裡見過，在日與夜

交界的地方，一起滿溢過
一起沉默等待對方的

一個回聲，直到你出走上岸
獲得一個形體，我才

停止與其他幽靈的對話
擦乾白板，在海鷗停歇的

巨大黑藍畫作裡
等待你前來點亮燈火的一筆

遷居

來到地殼變遷之後
聳立的一座浮動之山

聽說已被挖空，底下
是核潛艇，一些鬼屋布滿

山腳，你說哪怕居無
定所，也不去接這時代

黑漆漆的底盤
不如在這裡，太陽經過之處

臨時放下鐵床，衣櫃
放下 2016 剩餘的日子

將書桌對準荒野
稱之為「嗨」的大煙囪

上個冬季忙於將腐殖
轉化成身體所需的熱氣

現已停產，安靜於
一場大雨後目光的棲息

從這懸窗注視太陽
以低於物業費的輕鬆

劃過我們不再飛奔的影子
學會觀看後不再追逐

遠處一路蜿蜒的燈火
已變成客廳那畫中場景

一條小街，推開的窗
我們就在那兒，永恆地

直到夜裡寒冷又一次聚攏
過於疲倦的肢體

我們說著話就睡著了
只有床頭的書還在爬山

河上書

「常有欲之人，可以觀世俗之所歸趣也。」

——《河上公章句》

一條河將城市分成兩部份
眼前掛一層霧氣，在書上沿那條河

旅行，蜿蜒處不見，河自淙淙
河邊有人說書，說有欲之人、無欲之人

他髮須明亮，說「道者空也」
他看到我們逆反的內心，指向河中漩渦

說激流之中有大道

我們坐車去河的另一邊
寄一些如臨深危的可能被繳的書

車上男人女人，從眼睛到眼睛
讀著一個個空文本，閃閃發光從水流中

顯現又復歸於無
聖人無作，聖人無為

書上說聖人是一個明亮的問號
為一個問題風餐露宿，草石同寢

河上出現了書上出現的幻影，從一個
點冒出來，又從一個點消失

我們沿著將城市分隔的那條線
旅行，從南方捎來的書，在北方拋棄

橋頭守衛盤查黑白字跡
南方水邊的盲人，遁道者，將以吹噓之術

讀我們從河邊寄去的書

天黑後遛狗

走吧，諾諾，當落葉飄滿山谷
未來的雪從你眼裡映出人稱之無

走吧，諾諾，這亞洲銅的葬地
黑暗也不能為我們加冕

你的影子小於我，你如果站起來
走一百步，你的影子將大於收垃圾的人

當心無阻礙滑行的車輪，還有那些
說出「注意保暖」的人，他們

從沒有門框的家裡出來，迅速消失在

夜色中，而同樣的夜色也讓我難以
看清一天以來你消化的殘餘

是否也硬如樹枝，或帶著生命的余溫
被風雕塑成這個時代的藝術品

絕對之雪是否從相對知識中落下

如我們之間的三條腿的動物，天黑後
收起一條以免絆倒行人

走吧，諾諾，飢餓之眼已填滿山谷
送外賣的人正靠近我們的房屋

他破門而入也找不到比喻的鑰匙

在分享與我們結構相似的東西之後
你蜷入一本厚書，做著狂野的夢

火與棉

一陣太陽黑子的閃耀，不再
享有事物的屬性，我已

變成三重舌中的一個，述說
這內在追逐的光影，接近

一次高燒的表白，如你觸到
瞬間變黑的湖，那是我

如水滿溢，如氣周行，如天空
與大地的量子糾纏，那是你

以無形之刃收割的純白，堆滿
夏日波光瀲灩的屋頂

那是在目不暇接中誕生的人們
於無人之處造出的因果

構成宇宙的纖維，那是被心靈
反應堆熔化成的虛無之能

從你耳邊淌過，如無常的聽覺
不及之處的萬物的鼻鼾

我說有一種石棉上的燒
不一定放出可見的光，但必定

孵出雪的晶體，那是無法保持
原形的相遇，如一場世紀大雨後

我們還能相互點燃的距離

翻譯遊戲

火翻譯棉，進入灰燼程序
如戰爭開啓時間，翻譯的倫理
一門自燃的藝術

引火為先，以短句引長句
形意相合，漢語兮兮
名詞化動詞，主動變被動
更改語序，顛倒邏輯，在原文的廢墟上
插上「通順」的小旗

我們譯，你們譯，譯向言外之意
那虛擬的火，風，帆
進入戰爭時間，石頭也在譯
阻滯在語言中的力

一張桌子的狂喜

在我上面誕生了一個國家
在我上面誕生了一個作家
在我上面萬物如其所是被計算
在我上面是萬物的寧靜

我是一切發生之後人們坐下來
談論天氣的好地方
我是一切發生之前無法想象的
冰冷而堅硬的定在

哦，幾乎不被領會的精神分裂
線與面的俄狄浦斯情結
我夾住一個不感光的秘密
翻過來我還是一個倒立的桌子

在我之上，之下，之中
沒有一個不是桌子的多餘的我

針尖上的女孩

—— 給 X.R.

我只感知四面來的風

刺破二十年的腳
這般站立並非我能承受

只是偶然降生於
天使匱乏的年代

在沒有樹的街上長大
我的母親衝出鳥籠時
已撞壞翅膀

人們討厭我說他們醜
他們不美，一群自以為是的蠢貨

我說藝術就在大地的廢墟上，但我看見
快樂離我而去

汗水充滿了空的時間
我害怕只有風
在支撐我

從未見過的極光
偶爾照亮黑暗籠罩的村莊

我要的美是這世上沒有的
所以被詛咒在這

有限卻無界的尖頂跳舞

憤怒的小鳥對四面來風
握緊拳頭，松開

獵人便簽

「木石之性，安則靜，危則動，方則止，圓則行。」
　　　　　　　　　　　　　　　　——《孫子兵法》

穿過呼嘯的灌木，獵犬勒出掌心之血
奔往梅花交疊鹿身之處，「自發性深淵」淌出
清晨急流，一個變化的封閉系統
我瞄準大自然疏忽的瞬間，扣動
扳機，撕毀鳥類協議

再沒什麼約束我與陽光的遊戲，木頭間
發出前現代回響，這槍托，最好的林中木所造
配合山中生鐵，元神
選擇我，鍛造我，我第一次
握緊自己的黎明，這樹林
在我身上醒來，呼吸

站在水滴石穿的高崗，水霧屏幕
顯示下一次跳躍的時間，樹葉垂首，以視線
掃描腳印，書上說密林深處
有座小屋，有人垂釣無形之魚，有人運行風
風的後裔住那裡，不可靠近

元形最初的分心，可那

不斷醒著的是失眠者的夜晚，白楊被月光
沖洗成士兵，草木灰是他們肉身化的形式之一
風穿行其間的「制動者」，山谷戰略指揮家
開合之間，動靜必然有變，誰
向深淵放了一槍，誰穿過了大地裂口
前來匯合，以尚未廢棄的部分
重建流亡之國

霧霾幻想

1.

阿萊坡的硝煙從天空的屏幕空降而下
一同跳傘的特種顆粒

將城市劫持為一張紫紅地圖

你戴著防毒面具與看不見的恐怖作戰
又被一個未成年幽靈突襲

我們的生存指數一度在滾滾白煙中攀到歷史最高

關緊窗戶吧，關緊你的咳嗽

人們帶著口罩漫步於無意識的花園在雨中相互擁抱
支氣管河流從根部碳化

熱電廠是冬天最暖的地方
冒出耶和華擊打埃及人時的雲柱

這個冬天，它又燒旺大地的腐殖
為了發展，三葉蟲也不得安息

從一陣追逐的夢中醒來，我們大汗淋灕
這是冬至，離太陽最遠，離靈魂的蒼白最近

2.

回家途中撞倒一棵樹的人體，她
哀求你看她眼裡大片黑色

如一棵樹壞死筋脈，盤根錯節，她的眼洞
大得放下一座鋼琴

空城計開始了，停止呼吸的植物紛紛上街勝過謊言

你躲在防毒面具後大口呼吸擠過七道納米之門的殘餘

建設中的廢墟上錯落空十字架
哭泣的稻草人立在下一個雨霧街口

鼻孔呼出大量燃燒的神秘
籠罩我們於一米之內，你的鼻子已觸到熔化的公告

天空瀰漫逆溫層警告
午後在一陣白色吹息中接近愛麗絲之夢

3.

你確定不是天空碎了
碎了一千次，一萬次，一百萬次？

那些哀嚎的顆粒穿過大氣層
灰色的，黑色的，無色的，橙色的

瀰漫著尖叫著鑽入我們的身體。你確定不是？

你說這是末日的硝煙
半盲的細胞驚悚，拉響無聲的警報

被攻佔的肺泡叛變了
三億個小氣囊叛軍將溺斃我們

除非——拒絕——呼吸

你確定不是群星轉過臉去背對著我們
不是太陽因瀕死而黯然失色

不是天空被抽走了藍，你確定？
你確定。我們是空氣的難民

無形殺手從四面追上來，它們來了

4.

我確定這些從天空散落的
乃從地底挖至心底、時代的底，從那裡

冒出身體、邏輯、社會的泡沫
那是我們身體的一部分在高空膨脹開花

五顏六色爆米花被風揚入環流
緊貼在那裡成為太空絮狀，同藍藻

一起為我們葆有後人類的溫暖

然後與水氣混合，降下朦朧細雨
浸入我們大腦褶皺，讓我們沐浴於虛擬末世

身體進入 22.5 度恆溫，空氣的難民
水的難民，土地難民駛入一張捲曲發黃的照片

5.

你看，彷彿天空可以虛擬得更藍

沒有太陽的白晝，人變影，像是為了被抹掉
而走入無盡灰蒙。鬼谷，寫下這個詞

被操縱的不是數字，不是歷史，而是
呼吸器官，呼吸——與生俱來的、僅剩的

權利。我想說。過於沉重的空氣
受害者，坐在被告席上，帶著——

難以形容的病痛。哦，我們都是藍色的孩子

我想說。別說了。實施休克療法，停下
向著落日缺失的方向祈求落日

那只環眼又變紅了，一隻氣候的火圈
它說：每個人都不能逃脫，祝你好運！

6.

沒有誰操縱我們的呼吸器官
我們不過用機器打敗了另一些機器

用左手打敗了右手，以自然法則擊敗了自然
山坡上昨天還有樹，今天它們已升天

今天是大地裂開後的第五日，會幕後冒出的白煙
又瀰漫無信仰者的節日

我們創造了一個奇跡，今天，呼吸開始體外循環
先幫自己，再幫旁邊的人
戴好幸存面罩

操縱呼吸器官的：

總體動員的氛圍
溢於言表的激動
或多或少、或上或下
終究必要的

唯一的增長，「人之初，性本善」的災難雲煙
你不會問，今天，那經過比針眼
還細的吸附之門的是空氣，還是

智能設計的最後把戲
以濾掉這些稱之為「末日」的塵埃？

7.

人們有一張霧霾臉，開口便語焉不詳
PM2.5 指數 999，公交車免費了

還是不敢出門，不敢出門，不敢出門
貼著地面行走，貼著火一般的呼吸

用膠帶封住窗戶，口罩封住嘴巴
用什麼封住開竅的靈魂？

他們痛苦地說，變成鬼是我的命數，我的煎熬
艱難的太陽是我的唯一照耀

靈魂從頭頂冒出。橄欖山有四座山峰，
先知說，「末日」將在那裡降臨

來，我們舉行冒煙儀式
迎接末日提前來臨，它會收走整個世界

你再次向我出示身外之物
難道身內已無物可給予

難道體內熱量已消失殆盡
於一次無邊的起義

思辨患者

作　　者　馮冬

書籍設計　王一笑

出版策畫　獵海人

企畫編輯　觸角・詩空間

製作銷售　秀威資訊科技股份有限公司

　　　　　114 台北市內湖區瑞光路 76 巷 69 號 2 樓

　　　　　電話：+886-2-2796-3638

　　　　　傳真：+886-2-2796-1377

網路訂購　秀威書店：http:/store.showwe.tw

　　　　　博客來網路書店：http://www.books.com.tw

　　　　　三民網路書店：http://www.m.sanmin.com.tw

　　　　　金石堂網路書店：http://www.kingstone.com.tw

　　　　　讀冊生活：http://www.taaze.tw

出版日期：2018 年 1 月

定　　價：260 元

國家圖書館出版品預行編目

思辨患者 / 馮冬作.—臺北市：獵海人，
2018.01
面 ； 公分
ISBN 978-986-95559-3-7（平裝）

851.486　　106025324